Traduit de l'anglais
par Vanessa Rubio

Maquette : Karine Benoit

ISBN : 2-07-057320-6
Titre original : *The Legend of Captain Crow's Teeth*
Édition originale publiée par Penguin Books, London, 2006
© Eoin Colfer, 2006, pour le texte
© Tony Ross, 2006, pour les illustrations
© Éditions Gallimard Jeunesse, 2006, pour la traduction française
N° d'édition : 138804
Loi n° 49-956 du 16 juillet 1949 sur les publications destinées à la jeunesse
Dépôt légal : janvier 2006
Imprimé en Espagne par Novoprint (Barcelone)

Eoin Colfer

Will, Marty et compagnie

La légende du
capitaine Crock

illustré par Tony Ross

GALLIMARD JEUNESSE

Langage bébé

Dans la famille, on passe toutes nos vacances en caravane, au bord de la mer, entassés dans une pièce de la taille d'un coffre de voiture. On dort les fenêtres ouvertes. Si vous avez des frères, vous comprenez pourquoi.

Moi-même, j'en ai quatre : Marty, Donnie, Bert et HP. Maman prétend que, en dix secondes, on met la caravane sens dessus dessous pire qu'un cyclone.

Vous pensez sûrement que j'exagère. Vous vous dites : « Ce n'est pas possible, ils

ne peuvent pas être aussi terribles que ça. »
Eh bien, si. Laissez-moi vous raconter
quelques anecdotes pour vous le prouver.
Commençons par le plus petit.

Frère n° 5 : HP (Hautement Pénible). Personne ne pourrait croire un enfant de cinq
ans capable de faire autant de bêtises, mais
HP compense sa petite taille par une intelli-
gence hors du commun.

Un jour qu'on rendait visite à nos petits cousins, il a réalisé que les bébés pouvaient faire ce qu'ils voulaient sans avoir le moindre ennui. Du coup, il a décidé de redevenir bébé. À compter de ce jour et pendant six mois, HP s'est exprimé exclusivement en langage bébé. On savait tous qu'il faisait exprès, mais papa et maman ont quand même eu un choc.

Extrait de conversation :

PAPA : Allez, fiston. Qu'est-ce que j'ai dans la main ? (une banane)

HP : Mmmm… caca.

PAPA : Non, pas du caca. Réfléchis, HP. C'est un fruit. Ton préféré. C'est une ban…

HP : Nana…

PAPA : Oui, bravo ! C'est ça. Vas-y, dis le mot en entier, maintenant.

HP : Nanananana… caca.

(Là, papa se prend la tête entre les mains et laisse tomber. Dans son dos, Donnie et Bert applaudissent HP.)

Frères n° 3 et 4 : Donnie et Bert. Je les présente ensemble parce qu'ils travaillent en équipe. Quand on en voit un, on peut être sûr que l'autre n'est pas loin. Généralement, Bert fait le guet pendant que Donnie commet le crime.

À un moment, maman avait eu l'idée de coller des étiquettes sur tous les objets que Donnie et Bert n'avaient pas le droit de toucher.

« Bas les pattes » sur le bac de glace à la vanille.

« Pas touche » sur le chocolat en poudre et…

« Si vous soulevez ce couvercle, vous avez intérêt à porter des gants parce que je peux relever vos empreintes pour connaître votre identité », avait-elle écrit sur la boîte à gâteaux.

Ce dernier message était un exercice de lecture en même temps qu'un avertissement. Maman était maîtresse d'école, avant.

Elle avait essayé de cacher les gâteaux tout en haut du placard, mais Donnie et Bert avaient escaladé les étagères comme des chimpanzés. À la fin, elle en était arrivée à envelopper les biscuits dans des feuilles de salade avant de les enfermer dans le coffre de la voiture.

Frère n° 2 : Will. C'est moi. Un garçon charmant, qui apporte beaucoup à la vie de groupe. Et je n'invente pas, c'est écrit dans mon livret scolaire.

Frère n° 1 : Marty. L'aîné. Conscient que, s'il touche à un cheveu de ses petits frères, il sera puni dans sa chambre pendant une semaine, il a inventé des façons plus subtiles de nous torturer.

Et, en général, il me réserve les plus cruelles. Comme il sait que j'ai peur des fantômes, il n'arrête pas de me jouer des tours, plus effrayants les uns que les autres. Je pourrais remplir un cahier entier du récit de ses méfaits. Mais je ne vais vous en raconter qu'un seul. Cette nuit-là, j'ai eu tellement peur que jamais je ne l'oublierai. Cependant, je n'ai pas été le seul. Parfois l'arroseur se retrouve arrosé…

Les dents du capitaine crock

Nous occupions nos longues journées d'été à nager, construire des radeaux et mettre des crabes dans les chaussures les uns des autres. Pour une bande de gamins, le village de Duncade était l'endroit idéal où passer ses vacances. Nous avions un bateau, des combinaisons de plongée, une cabane dans un arbre et des cannes à pêche. En plus, cette année-là, j'allais faire mon entrée au bal des Harengs !

Cette boum pour les 9-11 ans avait lieu chaque semaine. Et même si elle portait un nom débile, j'avais hâte de m'y rendre pour entrer dans le cercle des « grands ». Marty y était allé plusieurs fois l'année passée et m'avait fait miroiter des images d'ados super cools dansant sous de spectaculaires jeux de lumière. Le bruit courait même que U2, le groupe de rock, pourrait y faire une apparition surprise.

La veille de la première soirée de l'été, je n'ai pas fermé l'œil de la nuit. Rien à voir avec la boum. Non, c'est Marty qui nous a fichu la trouille avec son histoire de fantôme préférée : *La Légende du capitaine Crock*.

Nous étions emmitouflés dans nos sacs de couchage, entassés dans une pièce conçue pour deux lits superposés, où papa en avait construit trois de plus avec de vieilles planches et de l'aggloméré.

Tous les soirs, Marty attendait qu'on soit sur le point de s'endormir pour commencer son histoire. Quand on est tout ensommeillé, on est prêt à croire n'importe quoi.

— Vous avez entendu ? a-t-il demandé. Je crois qu'il y a quelqu'un à la fenêtre.

— J'ai rien entendu du tout, ai-je répondu, même si je savais très bien qu'il nous faisait marcher.

— Baba, a fait HP qui parlait toujours en langage bébé.

Marty a allumé sa torche d'espion et l'a braquée sur lui en disant :

— Fais pas le bébé avec moi, HP.

— Bon, d'accord, a répliqué HP, qui n'est pas bête.

— Ce n'était peut-être rien, a repris Marty en pointant le faisceau de lumière sous son menton pour se donner un air fantomatique. Ou alors c'était le capitaine Crock qui

cherchait celui qui lui a planté une hache dans le crâne.

— Marty, suis-je intervenu, tu fais peur aux petits !

— Mais on aime avoir peur, a protesté Bert.

— Oui, n'oublie aucun détail, a renchéri Donnie. N'hésite pas sur le sang et les tripes !

— Vous l'aurez voulu, a répliqué Marty en éteignant brusquement la torche, plongeant la petite cabine dans une nuit plus noire que le charbon.

Il a gardé le silence un moment, pour faire monter la tension, avant d'entamer son histoire.

— Il y a plus de trois cents ans, a-t-il commencé d'une voix rauque et chevrotante, un terrible pirate faisait régner la terreur sur les eaux bordant le village de Duncade. Le capitaine Augustus Crock était le pirate le plus cruel, le plus méchant, le plus puant qui ait jamais mis le pied sur le pont d'un navire.

Dans notre esprit, le capitaine Crock ressemblait un peu à Marty, mais avec une barbe.

— Crock et sa bande attiraient les bateaux sur les récifs en éteignant le phare de Duncade et en allumant une lanterne un peu plus loin sur la côte. Les vaisseaux se repéraient d'après leur lampe, viraient à tribord et fonçaient droit dans les rochers, où Crock et ses hommes les attendaient. Les pirates pillaient les épaves, chargeaient leur butin sur la *Salomé* et mettaient les voiles pour aller se cacher dans leur repaire. Certaines nuits, lorsque la recette était particulièrement bonne, ils empilaient leur trésor sur les rochers qui font surface à marée basse. Et lorsque la lueur de leur lampe tombait dessus, les récifs scintillaient dans la nuit noire comme la dent en or dans la bouche du capitaine Crock. C'est pour cela qu'on les a surnommés…

– Les Dents du capitaine Crock, ai-je murmuré.

– Pipi ? a fait HP.

Marty a rallumé sa torche.

– Je t'aurai prévenu…

HP a laissé tomber le langage bébé pour reprendre normalement :

— Je veux dire, vous pouvez attendre une minute pendant que je vais aux toilettes ?

— Une minute, pas plus. Dépêche-toi.

HP s'est extirpé du lit superposé à trois étages et s'est rué dans les minuscules toilettes de la caravane. Je parie qu'il s'est arrêté en chemin pour serrer maman dans ses bras, histoire de se donner du courage.

— Par une nuit d'orage, a repris Marty une fois que HP a eu regagné son duvet, la *Salomé* jeta l'ancre au large de la pointe de Duncade. Crock et trente de ses plus effroyables compagnons gagnèrent le rivage dans des barques. Ils étaient d'humeur mauvaise et armés jusqu'aux dents d'épées, de couteaux et de scies.

— Des scies ? s'est étonné Donnie.

C'était original !

— Oui, pour scier tout ce qu'ils pourraient trouver dans l'épave. Homme ou objet.

HP a frissonné, ébranlant l'échafaudage des lits superposés.

— Les pirates prirent le phare sans même

tirer une balle, avant d'allumer leur propre lampe sur les rochers. Ces rocs sont tellement imprégnés de la noirceur des flibustiers que, même aujourd'hui, les mouettes refusent de s'y poser. Et celui qui s'y assoit repart avec les fesses pétrifiées de terreur.

Je me suis frotté le derrière. C'était vrai. Une fois, je m'étais assis dessus pour relever un défi, et j'avais eu les fesses engourdies pendant une semaine !

— Dans l'heure, un navire marchand, la *Lady Jacqueline*, apparut à l'horizon et mit le cap sur la pointe de Duncade. Enfin, tout du moins, c'est ce qu'ils croyaient. Mais le pilote, qui se repérait d'après la lampe des pirates, les mena droit sur les cruels récifs de Duncade.

Ce n'était pas difficile à imaginer, avec le vent qui mugissait à notre fenêtre et la mer qui battait les rochers à quelques centaines de mètres.

— Le capitaine Augustus Crock et ses hommes montèrent à l'abordage, brandis-

sant leurs épées en hurlant, des mèches
incandescentes fumant dans leurs barbes.
Ils enfermèrent les passagers et l'équipage
dans une cabine et dépouillèrent l'épave de

tout ce qu'ils pouvaient emporter. Crock se chargea lui-même de forcer la porte de la cabine du capitaine, car c'était dans son coffre-fort que se trouvaient toujours les biens les plus précieux.

Cependant, à l'intérieur, en lieu et place du capitaine, il découvrit un petit mousse qui avait trouvé refuge dans la cabine.

« Crock le toisa de ses yeux noirs de fouine en disant :

« – Qu'est-ce donc que v'là, mille sabords ?

« Le gamin ne répondit pas, mais tira sa main de derrière son dos. Il tenait une petite hache à couper du bois.

« Crock partit d'un grand éclat de rire diabolique.

« – R'gardez, les gars, lança-t-il aux pirates qui venaient derrière lui. V'là un moussaillon qui veut nous faire la peau.

« Tandis qu'il s'esclaffait, le mousse leva sa petite hache. Crock se retourna juste à temps pour voir la lame se planter dans

son front. En s'écroulant à terre, il s'ex-
clama :

« – Ça alors, maudit moussaillon !

Marty s'est interrompu. Personne ne
disait mot. C'était bon signe. Si son histoire
nous avait rasés, on l'aurait bombardé de
questions idiotes, rien que pour l'embêter.
Du genre : « Et le mousse, il avait un animal
familier ? » S'il n'y avait pas de questions,
c'est que tout le monde était captivé.

— Crock fut ramené par ses seconds à bord de la *Salomé* où le chirurgien, qui était boucher de formation, examina sa blessure. « Si on sort la hache, le cerveau vient avec ! » déclara-t-il. Alors ils la laissèrent en place. Le forgeron du navire la rogna jusqu'à ce qu'il ne reste plus qu'une fine ligne de métal qui luisait sur le front du capitaine comme un croissant de lune.

« Lorsque Crock se réveilla, après dix jours de fièvre de cheval, ses premiers mots furent : "Où il est, l'moussaillon ?" Les pirates n'en savaient rien. Dans leur hâte de sauver le capitaine, aucun d'eux ne s'était soucié du petit mousse.

« Les pirates retournèrent à Duncade, mais tout leur or ne put acheter la moindre information sur le mystérieux moussaillon. Le capitaine Crock était furieux. À cause de ce gamin, il souffrirait d'un terrible mal de tête pour le restant de ses jours, il voulait se venger ! Durant toute sa vie, Crock sillonna les mers à la recherche de celui qui l'avait blessé si cruellement et, quinze ans plus tard, lorsque les soldats le débusquèrent dans sa cachette, ses derniers mots avant que le feu des canons ne réduise son repaire en cendres furent : "Je reviendrai traquer c'maudit moussaillon."

— Comment peux-tu savoir quels ont été ses derniers mots ? a demandé Bert. Comment peut-on le savoir si tout a explosé ?

Marty avait prévu la question.

— Il y avait un survivant. Johnny le goupillon. Un pirate qui n'avait plus qu'un doigt et gagnait sa vie en nettoyant les canons de mousquet.

— Pas mal, a commenté Bert, satisfait.

— À ce qu'on raconte, le fantôme du capitaine Crock hante la pointe de Duncade. Lorsque les rochers qu'on a surnommés les Dents du capitaine Crock luisent sous l'eau à marée haute, c'est que son fantôme rôde dans les parages, à la recherche du petit mousse. Et s'il trouve un garçon du même âge en train de se balader sur les rochers au beau milieu de la nuit, il l'emmène avec lui sur son vaisseau-fantôme.

Bert a alors posé la question dont je ne voulais pas connaître la réponse :

— Et il avait quel âge, ce moussaillon ?

Marty a allumé la torche pour me la braquer en plein visage.

— Neuf ans. Will, tu connais un garçon de cet âge-là, dans le coin ?

J'ai avalé ma salive. Oui, j'en connaissais un. Moi.

Le bal des Harengs

Le lendemain, j'ai interrogé mon père sur les Dents du capitaine Crock.

— Tu as déjà vu les rochers briller, papa ? Comme dans la légende ?

Papa et moi, nous étions assis sur le quai, en train de pêcher le mulet, un poisson marron qui aime nager à l'entrée du port.

Mon père a lancé sa ligne.

— Je vais te dire, Will, ça m'est arrivé une fois, quand j'étais petit. La barre de rochers luisait comme une rangée de dents en or, juste sous la surface de l'eau. À l'époque, les gens croyaient que le capitaine Crock était de retour et les enfants avaient interdiction d'approcher les rochers, de peur qu'il ne les enlève.

— Et tu y es allé quand même ?

Parfois, les enfants font des choses qu'ils ne sont pas censés faire.

Papa a souri.

— On y est allés en douce, mes copains et moi.

— Tu n'avais pas peur ?

— Si, j'avais une trouille terrible, a-t-il reconnu. Et, pour être honnête, on n'a jamais atteint les Dents du capitaine Crock. L'un de mes copains a fait demi-tour, il a détalé en courant, et on l'a tous suivi. Tu imagines, on croyait que le vieux capitaine Crock nous attendait de pied ferme.

— Alors qu'est-ce que c'est, si ce n'est pas lui ?

— Un phénomène de phosphorescence.

— Phospho-quoi ? ai-je répété.

Papa a décomposé le mot en syllabes.

— Phos-pho-res-cence. De temps à autre, de minuscules organismes phosphorescents sont remués par les vagues, ce qui les fait luire dans le noir. Il s'agit d'un phénomène scientifique. Rien à voir avec les fantômes. Mais je crois que je préfère quand même l'histoire des dents de pirate.

Pas moi. Je préférais la science. Les scientifiques ne surgissent pas de la mer pour attirer les petits garçons sur leur vaisseau-fantôme.

— Et ça se produit régulièrement, ce phos-pho-chose ?

— Sur ces rochers ? Très rarement. Je n'y ai assisté qu'une seule fois.

« Parfait, ai-je pensé. Très rarement. Et même si ça arrive, c'est un truc scientifique. Rien à voir avec les pirates. »

Papa m'a regardé avec un grand sourire.

— Mais, bien entendu, les scientifiques ne savent pas tout.

J'ai dégluti péniblement.

— Qu'est-ce que tu veux dire ?

— Eh bien, qu'est-ce qui te semble plus réaliste ? Des créatures microscopiques qui se nourrissent des rayons du soleil et font de la lumière quand elles rotent ? Ou un trésor de pirates qui luit sous la mer ?

— Des créatures microscopiques ? ai-je répondu, plein d'espoir.

— C'est toi qui vois. Moi, je préfère la théorie des pirates.

Il a ouvert la bouche et il est parti d'un grand rire sinistre.

— Ha-ha-ha ! Le p'tit mousse a la frousse !

Je savais qu'il plaisantait, mais je ne trouvais pas ça drôle. Il n'avait pas neuf ans, lui.

Le jour de la boum est enfin arrivé.

Marty et moi, on a pris une douche et mis du gel dans nos cheveux. C'était la première fois que j'utilisais ce truc-là et j'avais l'impression d'avoir une montagne d'escargots sur la tête. J'avais envie de me donner un coup de brosse pour l'enlever, mais Marty m'a dit que c'était cool.

— Tu ne veux pas avoir l'air d'un ringard. Tous les autres seront coiffés à la hérisson. Les filles adorent ça.

Je me suis regardé dans le miroir de la salle de bains. On aurait dit que je m'étais collé un chat mort de peur sur la tête.

— Tu es sûr que c'est cool ?

— Certain, a affirmé Marty en en rajoutant un petit tas sur son crâne. Si je le fais, tu peux me croire.

Donnie, Bert et HP nous attendaient à la porte de la salle de bains. Ils ont tellement ri que ça a fait trembler toute la caravane.

— Caca tête, a commenté HP de sa voix de bébé.

— C'est cool, t'y connais rien ! ai-je répliqué.

— Allons, allons, les garçons, est intervenue maman. Ne fais pas attention, Will. Les filles apprécient les garçons qui soignent leur apparence.

— Will aime les filles, se sont mis à scander Bert et Donnie en agitant leur derrière — ce qui, en langage gestuel, désigne celui qui aime les filles.

— Maman ! ai-je gémi. Ils se moquent !

— Dehors ! a ordonné maman à mes trois petits frères. Je ne veux plus voir vos fesses !

Ils sont partis sans cesser de remuer le derrière.

Maman s'est tournée vers nous.

– Bon, vous deux, avant que vous partiez… asseyez-vous.

Vous deux, c'était Marty et moi. Nous nous sommes serrés sur la banquette d'un côté de la table de la caravane. Papa et maman se sont serrés de l'autre.

– Alors c'est le grand jour, a commencé

papa. Nos deux harengs vont sortir danser.

Marty a levé la main.

— Excusez-moi, les parents, mais vous m'avez déjà fait la leçon l'an dernier. Je peux y aller ?

— Non, certaines personnes ont besoin d'entendre les choses plusieurs fois pour les enregistrer.

— Qu'est-ce que ça veut dire ?

— Combien de fois t'a-t-on répété de ne pas manger ce qui était tombé par terre ? Et tu as quand même réussi à te casser une dent avec ce chewing-gum. Tu sais combien nous a coûté la couronne pour ta dent de devant ?

Marty sait quand il a perdu l'avantage. Il a poussé un profond soupir et s'est résigné à écouter leur petit discours.

— Nous espérons que vous saurez vous montrer dignes de notre confiance ce soir, a fait maman. Vous avez l'autorisation de vous rendre seuls à vélo à ce bal.

— C'est pas comme si on allait à l'autre

bout du monde, maman ! a objecté Marty.
La salle des fêtes est en bas de la rue. Tu
peux nous voir d'ici, en montant sur le toit
de la caravane.

– Ce n'est pas la question, est intervenu
papa. Nous n'avons pas l'intention de passer la soirée sur le toit à attendre que vous
rentriez.

– Et puis on ne sera pas tout seuls, a repris
Marty. Y en a plein qui y vont.

Papa a regardé maman, puis il s'est
retourné vers mon frère.

– Je crois qu'on ferait mieux de vous
déposer en voiture.

Marty a poussé un cri étranglé :

– Non ! On ne peut pas débarquer avec
nos parents, ça gâcherait tout. Je me condui-
rai en garçon mûr et responsable, promis.
Tiens, je vais regarder le journal télévisé
avant de partir. Vous voulez discuter des
élections ?

Papa a écarté les mains.

– OK, OK. Mais c'est juste un essai. Le

bal finit à dix heures. Je vous donne une demi-heure pour rentrer. Si vous n'êtes pas là à la demie, je viens vous chercher en voiture avec vos pyjamas nounours et je fais en sorte que tout le monde les voie.

Marty en était bouche bée d'horreur.

– Tu n'oserais pas !

Papa a souri.

– Peut-être que oui, peut-être que non.

Espérons que nous n'aurons pas l'occasion de le savoir.

Maman m'a tendu une page arrachée de son carnet en ordonnant :

— Lis-moi ça.

J'ai lu tout haut :

— Nous, soussignés Marty et Will Woodman, acceptons la res… repson…

— Responsabilité, a corrigé maman.

— Responsabilité qui nous a été donnée par nos mer… merve…

— Merveilleux parents.

— Merveilleux parents. Et si nous enfreignons l'une ou l'autre des règles suivantes, nous aurons tellement d'ennuis que notre

bonheur actuel ne sera plus qu'un lointain souvenir.

— Un lointain souvenir, a répété papa. J'adore ce passage. Et quelles sont ces règles, Will ?

J'ai poursuivi ma lecture :

— Règle n° 1 : J'irai directement au bal et je rentrerai direct à la maison sans traîner en chemin.

— Vous n'avez pas confiance en nous ? s'est étonné Marty, en prenant l'air outragé.

Papa ne s'est même pas donné la peine de répondre.

— Règle n° 2, Will.

— Règle n° 2 : Je resterai sur la route et je ne mettrai pas les pieds sur les rochers.

— Et si vous désobéissez ? a insisté papa.

— Et si on désobéit, la prochaine fois qu'on sortira tout seuls, ce sera en compagnie de nos petits-enfants, ai-je complété.

— C'est tout ? a demandé Marty. On signe où ?

— Avez-vous compris ces règles simples ?
a demandé maman. Ou est-il nécessaire que
nous les relisions ? Bravo, Will. Au fait, tu
lis très bien.

Marty s'agitait, impatient.

— On a compris. On peut y aller, maintenant ? On va manquer le début et, à force,
mes cheveux vont être tout plats.

Maman nous a fait lever devant elle.

— Bien, laissez-moi vous regarder.

Elle nous a inspectés minutieusement.

— Les dents sont propres. Les cheveux, c'est n'importe quoi, mais je suppose que c'est la mode. Au moins, le gel vous protégera des poux.

Papa nous a donné deux euros à chacun.

— Pour acheter des chips et un jus de fruits.

Marty a examiné ses pièces.

— Comment ça se fait que Will a une pièce de deux euros et moi deux pièces de un ?

— C'est la même chose.

— Non, c'est pas la même chose. Si c'était la même chose, on aurait chacun une pièce de deux.

— Qu'est-ce que ça change ?

— Ça change que, une pièce de deux, c'est mieux que deux pièces de un, a expliqué Marty comme s'il s'agissait d'une évidence.

J'avais envie de mettre les voiles, alors j'ai dit :

— Vas-y, prends ma pièce.

Marty a levé les yeux au ciel.

— Je ne peux pas l'accepter de ta main. Il

faut que papa me la donne lui-même parce que je suis l'aîné.

Marty est le garçon de dix ans le plus têtu d'Irlande. Il aurait préféré manquer la boum plutôt que de faire machine arrière.

J'ai tendu la pièce à mon père.

— Papa, voudrais-tu donner cela à Marty, s'il te plaît ?

— La tranquillité d'esprit, ça n'a pas de prix, a-t-il répliqué en lançant la pièce à mon frère.

Marty l'a glissée dans la poche de son jean.

— OK, en selle ! Il est temps de lever le camp.

Nos trois petits frères nous avaient préparé une chanson d'adieu. Ils s'étaient alignés devant la caravane pour faire leur show et se sont mis à remuer le derrière dès que nous avons passé la porte.

— Will aime les filles ! roucoulaient-ils. Wiiiilll aimeuh les fiiiilllleuh !

Même HP s'était joint au chœur, en zozotant comme un bébé.

— Pourquoi vous vous moquez de moi et pas de Marty ? je leur ai demandé.

HP m'a chuchoté à l'oreille, pour ne pas que papa et maman entendent :

— On n'est pas bêtes.

Ce n'était pas vrai. Je n'aimais pas les filles. Et je n'aimais pas beaucoup danser non plus. J'avais essayé de m'entraîner dans la minuscule salle de bains de la caravane, résultat, j'avais fait tomber deux rouleaux de papier toilette dans la cuvette. J'allais au bal des Harengs parce que tous mes copains y allaient et que, comme ça, je pourrais me coucher tard. Peut-être que je ne serais pas obligé de danser…

Nous avons enfourché notre vélo et nous sommes partis. Nous n'avions qu'un vélo pour deux et, comme j'étais le plus petit, j'étais à l'arrière, perché sur le porte-bagages. Sur le trajet, Marty s'est fait un devoir de passer dans tous les nids-de-poule de la route.

— Oups, désolé, lançait-il à chaque fois par-dessus son épaule. Pas trop de mal, j'espère ?

Je n'avais pas d'autre choix que de m'accrocher en priant pour que toutes ces secousses n'amoindrissent pas encore mes talents de danseur.

Marty a vérifié le fonctionnement de la lampe.

— Il fera noir quand on va rentrer. Je

n'aime pas rouler dans l'obscurité. On ne sait jamais ce qui se cache dans les buissons.

— Tu perds ton temps, Marty, ai-je répliqué. Tu ne me fais pas peur avec tes histoires de pirates. Les petits y croient peut-être, mais pas moi.

— C'est facile de faire le brave maintenant, alors qu'il fait encore jour. Mais on verra si tu ne crois toujours pas au capitaine Crock lorsqu'il fera nuit noire.

Marty est vraiment doué pour effrayer les gens. Même par une claire soirée d'été, il arrivait à me faire craindre le moment où, dans la pénombre, le fantôme du capitaine Crock reviendrait me hanter.

Lorsque nous sommes arrivés à la salle des fêtes de Duncade, elle était bondée. Je connaissais pratiquement tout le monde. Des garçons et des filles du village, et d'autres de Dublin, qui passaient leurs vacances ici. Marty a franchi la porte en roulant les épaules, comme un roi du disco, gratifiant les filles d'un clin d'œil et ses potes d'un petit coup de poing dans l'épaule.

– Ils sont où, les jeux de lumière ? ai-je demandé.

– Là, a-t-il répondu en me montrant un spot violet qui pendait au plafond.

Il n'était même pas allumé.

– C'est tout ?

Marty a ricané.

– Tu t'attendais à quoi ? Un show laser de la mort qui tue ?

Tous ses copains ont gloussé.

J'étais furax. Il m'avait encore eu. Quand allais-je arrêter d'avaler ses bobards ?

Soudain, ses yeux sont sortis de ses orbites.

– Regarde ! U2 !

– Où ? ai-je demandé, le souffle court.

– Dans tes rêves ! a-t-il répliqué et il s'est tordu de rire à en avoir mal aux côtes. C'est trop facile !

Je n'avais pas l'air aussi cool que je l'avais espéré et ça n'allait faire qu'empirer. Un vieux bonhomme est monté sur une petite estrade et a tapoté le micro.

– Salut, les harengs ! a-t-il lancé.

C'était M. Watt, le gardien du phare de Duncade.

– Bienvenue à notre grand bal. Je sais que, pour certains d'entre vous, il s'agit d'une première et que vous êtes peut-être un peu intimidés. Alors préparez-vous pour un « Paul Jones ».

Un Paul Jones ? Qu'est-ce que c'était que ça ?

– C'est quoi, un… ?

Mais je n'ai pas pu aller plus loin dans ma phrase car Marty m'a pris la main et m'a entraîné en hurlant comme un louveteau enragé. Quelqu'un m'a pris l'autre main, l'un des potes complètement dingues de Marty. Et il hurlait lui aussi.

— C'est quoi, un Paul Jones ? ai-je braillé pour couvrir les hurlements et le grondement de la cavalcade.

— On fait deux rondes, m'a répondu Marty entre deux cris. Les garçons à l'extérieur, les filles à l'intérieur. On tourne, on tourne et, quand la musique s'arrête, tu dois danser avec la fille qui est en face de toi.

Danser avec la fille en face de moi ? Mais je n'avais aucune envie de danser avec une fille, moi.

M. Watt a allumé un petit poste-CD et a approché le micro du haut-parleur. L'air guilleret d'une gigue irlandaise a résonné dans la salle des fêtes.

Marty s'est mis à courir en bondissant au rythme de la musique. Peu à peu, notre chaîne humaine s'allongeait. Marty a fermé le cercle en prenant la main du gars à l'autre bout de notre file. Face à nous, une ronde de

filles s'était formée. Les garçons se sont mis à tourner dans un sens, les filles dans l'autre. J'ai repéré quelques nouveaux dans les deux rondes. Ils avaient l'air aussi terrorisés que moi.

M. Watt s'est penché vers le micro.

– Quand la musique s'arrêtera, prenez votre partenaire par la main pour danser une bonne vieille valse.

Nous avons tourné, tourné, j'en avais le vertige. Les filles défilaient devant moi, tout en cheveux et en dents. J'ai cru que j'allais vomir.

La musique s'est arrêtée. Marty et son copain m'ont lâché la main pour se jeter sur leur partenaire. D'accord ! Ça y est, j'avais compris. Lorsque la musique s'arrêtait, il fallait danser avec la personne qui se trouvait en face.

J'ai levé les yeux. Cette fille faisait bien une tête de plus que moi. Et elle n'avait pas l'air ravie de tomber sur un petit nouveau.

— T'as vu tes cheveux ? m'a-t-elle questionné en montrant ma touffe de hérisson englué de gel.

Bon, j'ai quatre frères, alors je ne me laisse pas faire. J'ai la réplique qui tue.

— Et toi, t'as vu ta tête ? j'ai répondu.

La fille a serré le poing et m'a donné un coup dans l'épaule. Elle m'a fait mal. Et le temps que je me remette, elle avait disparu. J'en ai profité pour courir me cacher dans les toilettes des garçons le temps que la valse se termine.

J'avais à peine remis un pied dehors que j'ai été entraîné pour un autre Paul Jones. Cette fois, la fille avec qui je me suis retrouvé m'a jeté un coup d'œil et a fondu en larmes.

— Pourquoi moi ? a-t-elle hoqueté. Pourquoi c'est toujours moi qui tombe sur les
dingues ?

Là-dessus, elle a sorti son portable de sa
poche pour appeler sa mère et lui demander
de venir la chercher.

Au troisième Paul Jones, la fille a fait
comme si je n'existais pas. Elle a regardé
dans le vide en poussant un profond soupir.

— Bon, eh bien, je vais attendre le pro-
chain tour, a-t-elle dit en s'empressant de
quitter la piste de danse.

Visiblement personne n'avait envie de
danser avec le petit nouveau. En fait, personne n'avait envie de danser avec aucun
des petits nouveaux.

Tous les enfants de neuf ans étaient tenus
à l'écart, sans partenaire, si bien que nous
nous étions regroupés près de la porte,
attendant avec impatience que dix heures
sonnent. Encore quelques Paul Jones et
nous serions libres.

Mais non.

À dix heures moins dix, M. Watt s'est mis un bandeau sur l'œil et a rugi dans le micro en prenant un accent de pirate d'opérette :

— Y aurait-y donc quequ'moussaillons d'neuf ans su' le pont ?

« Pas moi, ai-je pensé, alors là, pas question que j'avoue que j'ai neuf ans, même à un faux pirate. »

Mais, comme d'habitude, il a fallu que Marty s'en mêle.

— En voilà un ! s'est-il écrié en levant ma main. Tout juste sorti de sa couche-culotte.

J'ai essayé de m'enfuir, mais trop tard. Il m'avait repéré.

— Aaah, le jeune Woodman. Ramène ta carcasse, moussaillon !

Je n'avais aucune envie d'y aller, mais Marty m'a poussé d'une main ferme. J'ai trébuché sur la piste de danse soudain déserte. Mais je ne suis pas resté seul très longtemps. Bientôt d'autres enfants de neuf ans m'ont rejoint, trahis par leurs frères et sœurs. Nous nous sommes blottis les uns contre les autres comme des lapins apeurés encerclés par les loups.

M. Watt a dû remarquer qu'on avait la frousse parce qu'il a repris sa voix normale :

— Ne vous inquiétez pas, les enfants. On s'amuse ! C'est de l'humour. De l'humour noir !

Et là, les lumières se sont éteintes, seulement remplacées par le spot violet qui pendait du plafond. Mais il n'éclairait rien. Sa lueur étrange a révélé d'immenses fresques phosphorescentes que je n'avais pas remarquées jusque-là. Des pirates assoiffés de sang, avec leurs dents en or, leurs épées et leurs mousquets. Ils nous fixaient, prêts à se jeter sur nous.

Le petit groupe des neuf ans a failli s'évanouir de terreur, mais les autres applaudissaient en braillant, surexcités.

— Chaque année, nous proposons un petit jeu aux nouveaux venus, a repris le gardien du phare. Entre nous, on l'appelle…

— L'ÉLU DU CAPITAINE CROCK ! ont hurlé en chœur les plus grands qui attendaient ce moment depuis le début de la soirée.

— Exactement, a confirmé M. Watt. Celui qui remporte ce petit jeu sera couronné mousse du capitaine Crock et remportera un prix fabuleux. Les règles sont simples : le capitaine a perdu un objet auquel il tient beaucoup, à vous de le retrouver… mais dans le noir ! Lorsque vous entendrez la musique, vous pourrez commencer à chercher par terre, moussaillons !

— Mais qu'est-ce qu'on cherche ? a demandé le garçon qui était à côté de moi.

— Oh, vous verrez bien quand vous aurez trouvé ! s'est esclaffé M. Watt. Allez, les plus grands, asseyez-vous contre les murs et encouragez votre favori !

— Je veux pas jouer ! ai-je protesté mais la musique a couvert ma voix et personne ne m'a entendu.

Il s'agissait d'une vieille chanson de pirates que les autres semblaient connaître par cœur :

C'est sur la mer qu'on met les mâts
C'est dans la cale qu'on met les rats
Houla la houla !

« Ce n'est pas un jeu, ai-je pensé. C'est de la torture. »

J'avais l'impression que les pirates peints sur les murs bougeaient. La salle entière résonnait de l'écho de cette horrible chanson que les grands rythmaient en tapant des pieds. Les petits, dont je faisais malheureusement partie, se cognaient les uns dans les autres en tentant de trouver ce que le capitaine Crock était censé avoir perdu.

« C'est du délire. J'arrête, j'en ai assez. »

Et, à quatre pattes, je me suis faufilé hors du groupe. Mis à part le spot violet, il n'y avait qu'une seule source de lumière. Une boîte portant en lettres rouges le mot

S-O-R-T-I-E. J'ai rivé mes yeux sur cet objectif, mais il semblait terriblement lointain.

J'avançais vite, vite, ignorant les vieux chewing-gums qui me collaient aux mains et les flaques de Coca qui trempaient mon jean. À en juger par le brouhaha ravi qui s'élevait derrière moi, les autres s'amusaient bien, mais je n'avais aucune envie d'être le mousse du capitaine Crock, même pour rire.

Les grands criaient, braillaient, indiquant aux plus petits où regarder. Mais je ne les écoutais pas. La dernière chose que je voulais, c'était mettre la main sur le fichu machin que ce fichu pirate avait perdu.

« Garde le cap sur la sortie, me répétais-je. Tu y es presque. »

Pourtant, soudain, j'ai posé la main sur un truc. Un truc qui m'a mordu le bout des doigts.

– Aïe ! ai-je hurlé en me relevant d'un bond. Un rat !

— Ha-ha ! a tonné la voix de M. Watt à mon oreille. Je crois qu'on tient notre vainqueur. Voici l'élu du capitaine Crock.

Les lumières se sont rallumées et j'ai vu qu'un dentier en plastique s'était refermé sur mes doigts. Un dentier peint en doré.

M. Watt guettait depuis le début celui qui allait dénicher les dents. Il m'a fait lever le bras en l'air comme un champion de boxe.

— Will Woodman a trouvé les dents du capitaine Crock. Il remporte donc le prix.

Un prix. Ah, d'accord pour un prix. J'avais trouvé les dents, après tout.

Le gardien du phare m'a fait monter sur l'estrade. Il a ouvert un coffre en carton pour me déguiser en pirate. Il a d'abord sorti un bandeau noir et une chemise blanche, puis une fausse épée. Il a noué une ceinture noire autour de ma taille et a achevé la tenue avec un chapeau orné d'une tête de mort.

— Où est mon prix ? ai-je demandé.

— Tu l'as sur toi, a répliqué M. Watt.

Puis il a repris le micro :

— Et on applaudit bien fort Will, moussaillon officiel du capitaine Crock !

Tout le monde m'a acclamé. Comme si c'était une chance d'être le mousse d'un fantôme ! Et si le capitaine Crock, alerté par tout ce raffut, venait voir ce qui se passait ? À votre avis, puisqu'il cherchait un moussaillon, sur qui se porterait son choix ? Sur celui qui était habillé en pirate, évidemment.

L'arroseur arrosé

Marty m'attendait avec le vélo à la sortie de la boum. Il n'était pas seul. Il y avait une fille assise sur le porte-bagages. Mon porte-bagages ! Avec horreur, je me suis aperçu qu'il s'agissait de la fille qui m'avait donné un coup dans l'épaule au premier Paul Jones.

J'ai tiré mon frère par le bras jusqu'à ce que son oreille soit au niveau de ma bouche.

– Qu'est-ce qu'elle fabrique sur le porte-bagages ? ai-je murmuré. Dis-lui de dégager. Il faut qu'on y aille. On doit être rentrés à dix heures et demie, je te rappelle.

Marty m'a passé le bras autour des épaules en soupirant :

— C'est comme ça, Will. La belle Margaret m'a demandé de la déposer au village.

— Mais c'est une fille ! ai-je sifflé. On ne traîne pas avec des filles ! En plus, elle m'a frappé.

Mon frère a eu un sourire ravi.

— Ah bon ? Waouh ! Elle me plaît.

— Papa a dit dix heures et demie, Marty. Sinon on n'aura plus jamais le droit de sortir tout seuls.

— Dix heures et demie. Pas de problème.

J'étais un peu long à la détente.

— Mais si, il y a un problème ! ai-je insisté. Tu n'auras jamais le temps de déposer Margaret chez elle et de revenir me chercher. Il faut se débarrasser d'elle.

— Qu'est-ce t'as dit ? a demandé Margaret.

Je me suis caché derrière mon frère.

— Rien, rien. Je plaisantais, tout à l'heure, à propos de ta tête. Elle est très bien. Sincèrement.

— Tu as raison, a repris Marty. Je n'aurai pas le temps de faire l'aller et retour. C'est pour ça que tu vas devoir rentrer par les rochers et me retrouver au portail du camping.

J'ai failli m'étouffer.

— J'ai cru t'entendre dire que je devais rentrer par les rochers.

Marty m'a souri.

— C'est bien, mon gars. Je savais que tu comprendrais.

J'étais sidéré.

— Marty ! T'es dingue ? Je ne peux pas passer par les rochers. Règle n° 2 : Je ne mettrai pas les pieds sur les rochers. On a signé un contrat.

Marty empoignait déjà le guidon.

— Papa et maman n'en sauront rien. À toi de choisir : soit tu restes ici et on aura tous les deux des ennuis ; soit tu passes par les rochers et on sera rentrés à temps.

J'ai retenu mon frère par le bras.

— Mais, et le…

— Le capitaine Crock ? Non, tu n'allais quand même pas prononcer le nom du capitaine Crock ? Tu t'imagines qu'il va venir te chercher parce que tu as neuf ans et que tu as trouvé son dentier ?

Évidemment, c'était exactement ce que j'allais dire. Mais je n'osais plus, maintenant.

— Bien sûr que non. Ce n'est qu'une stupide histoire de fantômes. C'est juste qu'il fait noir sur les rochers. Surtout par une nuit sans lune.

Marty a levé les yeux au ciel.

— D'accord, femmelette. Tiens, prends ça.

Il a décroché la lampe de son vélo et me l'a tendue.

— Et reste sur le sentier.

C'était la meilleure. Celui qui m'envoyait sur les rochers au beau milieu de la nuit me donnait des conseils de sécurité.

— Marty, je t'en prie…

— Qu'est-ce qui t'inquiète ? Tu as une épée, non ?

Une épée ! Celle que j'avais gagnée était

en carton et n'aurait pas effrayé un lapin, alors un pirate-fantôme… Mais je savais que ce n'était pas la peine de discuter avec mon frère. Quand il a décidé quelque chose, c'est comme ça et pas autrement.

— On se retrouve dans une demi-heure, ai-je dit en allumant la lampe. Au portail du camping.

Marty a enfourché le vélo.

— Tu as intérêt à y être. Sinon, je raconte à papa que tu t'es trouvé une petite amie et que tu n'as pas voulu rentrer.

— C'est pas juste ! ai-je crié après le vélo. Je déteste les filles.

— Qu'est-ce t'as dit ? a demandé Margaret.

— Je déteste les filles ! ai-je hurlé en dévalant le sentier boueux qui menait aux rochers. Et toi plus que toutes les autres réunies !

Pour rentrer au camping, le chemin des rochers était beaucoup plus court que la route du village, mais aussi beaucoup plus dangereux. Jalonné de roches escarpées, de flaques et d'ombres qui pouvaient cacher n'importe quoi. Et, bien entendu, il passait à proximité des Dents du capitaine Crock. La marée était haute, elles devaient donc être immergées sous deux mètres d'eau.

J'avançais aussi vite que mes jambes me le permettaient. Mais il faut être prudent par ici, surtout la nuit. Parfois les algues recouvrent le sentier et il suffit de poser le pied au mauvais endroit pour glisser et se retrouver dans l'eau. Je connaissais plutôt bien les lieux, mais pas assez cependant pour courir sur les rochers en pleine nuit. Personne ne connaît assez le coin pour ça.

À chaque pas, je pensais au capitaine Crock. Tout ça, c'était des sornettes, obligé. Je ne croyais pas aux fantômes, surtout pas aux fantômes avec des dents en or qui poursuivaient les moussaillons de neuf ans.

Pourtant, j'aurais préféré avoir dix ans, ou même huit. Tout, mais pas neuf.

J'avais envie d'enlever mon déguisement de pirate, mais ç'aurait été admettre l'existence du capitaine Crock. Alors j'ai tout gardé, à part le bandeau noir. Traverser les rochers avec un œil caché, c'était de la folie pure.

Je connaissais le nom de chaque roc : la Rayure Blanche, le Bec de Mouette et la pointe de la Morue. Ensuite venaient les Dents du capitaine Crock. J'allais passer tranquillement et rien ne luirait sous l'eau. Absolument rien. Et même s'il y avait quelque chose, ce serait la phosphorescence. Pas des dents de pirate. Mais il n'y aurait rien. Rien du tout.

Je pointais la lampe de bicyclette devant moi pour éclairer le chemin. Si je gardais les yeux rivés sur le sentier, je ne verrais même pas les rochers. Non que ce soit grave si je les voyais. Parce que ce n'était que des rochers. Mais je ne regarderais pas.

On ne sait jamais. Pourtant, j'ai regardé. Je n'ai pas pu m'en empêcher. J'ai laissé mes yeux errer à la surface de l'eau juste un instant. Et ça m'a suffi pour apercevoir la lueur fantomatique qui scintillait sous les vagues. Une lueur dorée. Les Dents. Je ne plaisante pas. J'ai vu un éclair dans l'eau comme si un croissant de lune s'était échoué dans les fonds marins.

Ça ne pouvait pas être vrai. Impossible. À force d'entendre parler du capitaine Crock, mon imagination me jouait des tours. J'ai fermé les yeux et compté jusqu'à cinq.

« Au revoir, la lueur, ai-je pensé. Ravi de t'avoir connue. »

Mais quand j'ai rouvert les yeux, l'eau étincelait encore. Un gros croissant constitué de millions de petits croissants dorés.

— Va-t'en ! ai-je hurlé. Fiche le camp !

C'était ridicule, je sais, de crier après la mer, comme ça, mais j'étais prêt à tout.

— T'es que de la phosphorescence, ai-je rugi à l'intention de la lueur. Y a pas une seule dent dans l'affaire ! J'ai pas peur de toi !

Ce n'était pas vrai, mais je ne voulais pas que les Dents de Crock le sachent. En réalité, j'étais terrifié. Planté là dans mon déguisement de pirate, je tremblais légèrement. Marty avait raison. On croit beaucoup plus facilement aux fantômes la nuit.

« Continue à avancer », me suis-je dit.

Il fallait que je continue à avancer, c'était tout. Je voyais déjà les lumières de Duncade au loin. Dans deux minutes, je serais au village ; dans quatre, dans mon lit.

« Marche ! me suis-je ordonné. Marche, imbécile. C'est facile. Tu sais le faire depuis tes un an et demi. »

Mais je n'y arrivais pas. Je restais là, à fixer l'eau, attendant un nouvel éclair de lumière.

« Très bien. Si le capitaine Crock est dans les parages, il va te trouver là, en train de

l'attendre. Et si c'est juste la phosphorescence, on te retrouvera demain matin. Raide
congelé. Marche ! »

Alors j'ai marché, lentement au début,
puis j'ai accéléré le pas. Ce n'était pas si
difficile, après tout. Ça me revenait. Encore
un peu et j'arriverais même à courir.

– Phosphorescence ! ai-je crié à nouveau, juste au cas où les Dents de Crock ne m'auraient pas entendu la première fois.

Je marchais vite maintenant, m'efforçant d'ignorer l'étendue de l'océan. Il n'y avait plus d'éclair de lumière. Peut-être n'y en avait-il jamais eu.

En chemin, je marmonnais dans ma barbe pour passer le temps :

– Saleté de Marty et sa saleté de vélo. Saleté de bal des Harengs. Saleté de Paul Jones. Et saleté de Margaret. Qu'est-ce qu'ils ont, mes cheveux ? Elle a pas vu sa tête.

Quand j'en ai eu assez de râler, je me suis changé les idées en fredonnant une chanson : « Will aime les filles. Wiiiilll aimeuh les fiiiilllleuh ! » C'était très entraînant, vraiment.

J'étais là, bien tranquille, à chantonner dans ma tête, lorsque j'ai entendu ce bruit. Un bruit que je n'oublierai jamais. Un terrible grognement, mugissement, rugissement qui montait du rivage.

— Wiiilllllll !

J'ai essayé de faire comme si je n'avais pas reconnu mon nom. Il s'agissait juste d'un gros bruit. Il y avait peut-être une vache qui avait des gaz dans le coin. Mais je me suis souvenu qu'il n'y avait pas de vaches sur les rochers, parce qu'elles risquaient de tomber du haut de la corniche.

— Arrière ! ai-je crié. J'ai une épée !

La voix a hurlé à nouveau. Pas d'erreur possible, cette fois, il s'agissait bien d'une voix :

— Wiiiillllllllllllll !

Et qui criait mon nom. La phosphorescence ne parle pas. Ce ne pouvait être que le capitaine Crock qui revenait chercher son moussaillon. Comment était-ce possible ?

— C'était pas moi ! ai-je crié dans l'obscurité. C'est pas moi qui vous ai donné ce coup de hache. Il y a erreur sur la personne.

Les fantômes se fichent sans doute pas mal de ce genre d'arguments. Un garçon de neuf ans en vaut un autre.

— De toute façon, je n'ai que huit ans. Je vous jure, ai-je dit en croisant les doigts.

— Approooooche, moussssssaillon !

Évidemment, il me prenait pour un mousse, j'étais habillé en pirate.

— Non, non, vous vous trompez. Ce n'est qu'un déguisement. Regardez, l'épée est en carton.

J'ai empoigné la lame et je l'ai déchirée en morceaux.

— Vous voyez ?

— Tu es mon moussssssaillon. Approoooooche. Viens me voirrrrr.

Je ne savais pas quoi faire. Le fantôme du capitaine Crock venait me chercher pour m'emmener sur son bateau. Deux possibilités : soit je prenais la fuite, soit je lui obéissais. Si je m'enfuyais, je risquais de tomber dans un trou ou bien le capitaine me rattraperait – les fantômes, ça vole vite. Et si je l'obligeais à me poursuivre, une fois sur la *Salomé*, il me donnerait toutes les corvées. Alors que si je lui obéissais du premier coup, il se montrerait peut-être un peu plus sympa.

– Parrrr iciiii ! criait le pirate. Dépêche-tooooiii !

– J'arrive, capitaine, ai-je répondu.

J'ai braqué la lampe en direction de la voix, tentant de distinguer une silhouette parmi les ombres. Mais le rai de lumière se noyait dans l'obscurité comme dans de la peinture, et je ne voyais que du noir, entre-coupé de gros rochers.

Je suis sorti du sentier pour me hisser sur une pierre.

– Bonsoir, monsieur le capitaine. Comment va votre tête ? Ma mère a plein de cachets, si vous me laissez juste filer à la caravane…

— Tu ne reverras jaaaaamais ta mèrrrrre.
Tu es l'éluuuuuu.

Pour le coup, ça m'a plus agacé qu'effrayé.
Merci, M. Watt et son jeu idiot !

— Ce n'était qu'un jeu. Il s'agissait d'un
dentier en plastique. Des fausses dents.

C'est alors qu'une main a surgi de l'obscurité, traversant la lueur de la lampe pour
m'attraper par la chemise. Jamais je n'ai eu
aussi peur de ma vie. Encore plus que la fois
où j'avais remarqué que mes bras étaient
poilus, quand j'avais trois ans. Marty

m'avait raconté que j'étais un enfant adopté, issu d'une famille de singes qui pouvaient revenir me chercher à tout instant.

— Lâchez-moi ! ai-je hurlé en me débattant, mais la main me tenait fermement.

— Je t'attendais, a fait la voix du capitaine Crock.

J'ai commencé à bafouiller :

— Désolé pour le retard. J'étais au bal des Harengs. C'est une boum junior pour les 9-11 ans. J'y suis allé avec Marty, mais comme on n'a qu'un vélo, j'étais sur le porte-bagages. Et il y a ce truc, là, le Paul Jones. Les filles sont censées danser avec les garçons, mais si elles ont pas envie, elles dansent pas, enfin vous savez probablement tout ça…

— La ferrrrme ! a tonné Crock. Tu dois venir avec moi sur les mers !

Juste à ce moment-là, un éclair de lumière a jailli sous la surface de l'eau comme s'il y avait un feu d'artifice dans le fond.

— Aaaaah ! a crié le capitaine Crock d'une

voix beaucoup moins effrayante. Les
Dents ! Les Dents.

Il a lâché ma chemise et son bras a disparu dans la nuit. Bizarre, vraiment bizarre.

J'ai entendu de drôles de bruits et de gro-
gnements en contrebas. On aurait dit que le
capitaine Crock était coincé dans les
rochers. Mais les fantômes n'ont pas ce
genre de problèmes, en principe.

– Hé, capitaine Crock ? ai-je lancé timidement. Tout va bien ?

J'ai tendu l'oreille, guettant sa réponse. Sauf que je ne savais pas si j'avais vraiment envie qu'il me réponde. Au bout d'un moment, j'ai entendu un bruit, comme le roulement d'une petite vague, ou un soupir.

– Will, aide-moi, a fait une voix dans l'obscurité. Sors-moi de là. Il est presque la demie.

Bizarre. Pourquoi le capitaine Crock se soucierait-il qu'il soit bientôt dix heures et demie ? Il n'y avait que deux personnes au monde qui devaient s'inquiéter pour ça. Moi et…

J'ai braqué la lampe sur les rochers pour éclairer le visage de la personne en contrebas…

– Marty ! me suis-je exclamé. C'est pas un pirate !

L'espace d'un instant, j'ai été soulagé, mais ça n'a pas duré. J'ai vite compris ce qui s'était réellement passé et là, j'ai été très en colère.

– C'est toi qui as tout organisé ! Encore un de tes sales tours !

Marty a pris l'air penaud, mais il y avait autre chose… Sa bouche était bizarre, un truc avait changé…

— Marty ! Tu as perdu la couronne de ta dent de devant !

— Je sais, a-t-il répondu d'un ton pitoyable. Je l'ai avalée.

— Ça t'apprendra à te cacher derrière les rochers en te faisant passer pour le capitaine Crock. Combien tu as payé Margaret ?

— Deux euros.

— Deux euros ? Juste pour faire semblant que tu la déposais chez elle ?

— Oui.

J'avais bien envie de laisser Marty où il était, mais je ne pouvais pas. C'était quand même mon frère et, si nous n'étions pas rentrés à dix heures et demie, nous serions punis tous les deux sans distinction.

J'ai examiné Marty à la lueur de la lampe. Il était coincé dans une étroite faille de la roche, avec juste la tête qui dépassait. Son vélo gisait à ses pieds. Quel malade d'être

descendu à vélo sans lumière, juste pour me
jouer un tour.

Je l'ai attrapé par le bras et j'ai tiré, pas
trop fort.

— Désolé, tu es vraiment bloqué.

Marty est devenu tellement pâle que son
visage luisait dans le noir.

— Il faut que tu me sortes d'ici. Les Dents de Crock brillent sous l'eau, t'as pas vu ?

« C'est juste un phénomène de phosphorescence », aurais-je dû répondre. Pourtant, j'ai gardé ça pour moi.

— Si, j'ai vu, mais tu es coincé. Je vais aller chercher papa.

— Je t'en prie, Will. Crock va m'attraper. Ne me laisse pas là. On est frères.

Marty avait l'air tellement terrifié que ma colère s'est envolée. Je l'ai de nouveau pris par le bras et j'ai tiré jusqu'à ce qu'il sorte du trou, plop, comme un bouchon de champagne.

Nous sommes remontés sur le sentier, en traînant tant bien que mal son vélo derrière nous. J'ai remis la lampe en place et, guidés par sa lueur, nous avons foncé en direction du village. Marty ne disait rien, cependant il n'arrêtait pas de regarder par-dessus son épaule. Il s'est détendu un peu lorsque nous avons atteint Duncade, mais alors il a commencé à se tracasser à propos des parents.

— Je suis mort, a-t-il décrété. Tu sais combien coûte cette couronne ? Et je l'ai perdue !

J'ai ricané.

— Elle n'est pas perdue. Tu vas pouvoir la récupérer dans un jour ou deux, et après il n'y aura plus qu'à la recoller.

Je lui ai pris le vélo des mains.

— Allez, viens. On en discutera plus tard. Si un jour je décide de t'adresser à nouveau la parole.

Pour une fois dans sa vie, Marty a fait ce qu'on lui disait sans protester.

Dix heures vingt-neuf et quarante-huit secondes

Papa était en train de regarder sa montre lorsque nous sommes entrés en trombe dans la caravane.

— Dix heures vingt-neuf et quarante-huit secondes.

Il a levé les yeux vers nous.

— Tiens, les garçons, déjà de retour ! Je ne vous attendais pas avant onze heures.

— Ha-ha-ha, très drôle, papa, ai-je répliqué.

Marty n'a rien dit pour ne pas montrer ses dents de devant.

— Alors, ce bal ? a demandé maman.

D'habitude, en tant qu'aîné, Marty se charge de faire les rapports, mais aujourd'hui, l'honneur me revenait.

— L'horreur, ai-je répondu. Je n'y remettrai plus jamais les pieds. Le vieux Watt voulait qu'on danse avec des filles.

— Alors, qui était l'heureuse élue, Will ?

J'ai jeté un coup d'œil à Marty. En principe, il ne rate pas une occasion de se moquer de moi, mais il ne pouvait pas ouvrir la bouche.

— Personne en particulier. La semaine prochaine, ce sera sans moi, je crois.

— Et toi, Marty ? Tu t'es bien amusé ?

Mon frère a hoché la tête.

— Mmm.

Maman a insisté, soupçonneuse :

— « Mmm », c'est tout ? Et aucune remarque désobligeante ? Tu n'as pas fait de bêtises, au moins, mon chéri ?

Cette fois, Marty a secoué la tête, puis il s'est étiré, genre « je suis très fatigué ».

— Il a sommeil, ai-je expliqué. Normal, il s'est épuisé à faire la danse du poulet – enfin, c'est comme ça qu'il l'appelle. Les autres ont tellement ri qu'il y en a un qui a vomi. M. Watt a affirmé que Marty était le pire danseur qu'il ait jamais vu. D'après lui, voir Marty essayer de danser, c'est pire que de voir un cheval essayer de faire du vélo.

J'ai lancé un regard à mon frère, le mettant au défi de répliquer, mais il ne pouvait pas.

Maman a refermé le livre qu'elle était en train de lire.

— Allons, allons, Will. Pas de moqueries. Il est temps d'aller au lit, les garçons.

Marty a filé dans notre minuscule chambre avant qu'elle ait pu lui demander de l'embrasser. Je l'ai suivi, j'ai jeté mes vêtements par terre et je suis monté dans ma couchette.

J'ai eu beau essayer de m'endormir, impossible : Marty se tournait et se retournait dans son lit, secouant la chambre entière. Finalement, j'ai abandonné tout espoir de dormir et j'ai fichu des coups dans le lit de mon frère jusqu'à ce qu'il allume la torche pour descendre me voir.

— Qu'est-ce que t'as ? lui ai-je demandé.

Marty m'a dévisagé comme si j'étais dingue.

— Qu'est-ce que j'ai ? On a failli se faire attraper par le capitaine Crock et tu me demandes ce que j'ai ?

J'ai dissimulé un sourire derrière ma main. Marty croyait encore que les éclairs de lumière sous l'eau étaient dus aux fantômes.

— Je l'ai vu, Will. Ce n'était pas mon imagination. J'étais caché derrière les rochers et, quand j'ai surgi pour te faire peur, j'ai vu les Dents luire dans la mer.

— Tu as cru que le capitaine Crock allait venir te chercher, ai-je murmuré.

— Il était là.

J'étais content que sa plaisanterie se retourne contre lui, mais je savais que ça

allait le hanter pendant le restant des vacances.

– Tu ne sais donc pas que cette lueur est due à la phosphorescence ?

Marty a froncé les sourcils.

– Phospho-quoi ?

– Phosphorescence. De petites particules qui brillent quand la mer les agite. Rien à voir avec les pirates. De la science pure et dure, idiot.

Je pouvais suivre le cheminement de sa pensée grâce aux mouvements de ses sourcils : incrédulité, soulagement et enfin colère.

Il m'a lancé un regard noir.

– Tu aurais pu me le dire plus tôt !

– Je ne pouvais pas, j'étais aux prises avec un gars qui se faisait passer pour un pirate.

Il s'est levé pour remonter dans son lit, mais s'est soudain figé.

– Ce soir ? Tu y as cru ? Tu as eu peur ? Vrai de vrai ?

– Oui, ai-je reconnu.

— Moi aussi, a avoué Marty d'une petite voix inhabituelle chez lui. C'est affreux.

— Oui, je suis bien d'accord, ai-je confirmé.

Il m'a alors tendu la main.

— On va passer un marché. C'était vraiment un mauvais tour, alors on arrête pour cet été.

Je sais saisir une bonne affaire quand j'en vois une.

— Marché conclu, ai-je répondu en lui serrant la main.

Marty a réussi à tenir sa promesse pendant quatre jours entiers, puis il m'a fait croire que je devenais chauve. Enfin, quatre jours, c'était déjà plus que je n'espérais.

Ce soir-là, quand il a eu regagné son lit, j'ai aussitôt sombré dans le sommeil. C'est drôle, mais j'étais content de savoir que mon frère avait eu peur du capitaine Crock. Papa avait raison, c'était juste la phosphorescence. Un phénomène très rare. Et j'avais de la chance d'y avoir assisté.

Le lendemain matin, HP a arrêté de parler bébé. Ce n'était pas ce qu'il avait prévu, mais il n'avait pas le choix : il avait une info trop intéressante à révéler.

Comme d'habitude, il s'est levé tôt. Et comme d'habitude, il nous a passé une chaussette sale sous le nez, au cas où on dormirait encore.

Lorsqu'il est arrivé à Marty, celui-ci, encore tout ensommeillé, a ouvert un œil en poussant un bâillement sonore :

— Yaaaaaarrrrr-r-r-r !

Ce qui, en temps normal, n'aurait pas posé de problème mais, en bâillant, il a découvert toutes ses dents de devant. Sauf une.

— Marty a perdu sa dent ! s'est écrié HP sans le moindre zozotement. Maman, papa, Marty a perdu sa dent ! Vous savez combien ça coûte ?

J'ai vite sauté du lit. J'avais hâte de voir comment Marty allait se tirer de ce mauvais pas.

Eoin Colfer est né à Wexford, en Irlande, où il vit
aujourd'hui avec sa femme Jacky et leurs deux fils.
C'est là qu'habitent aussi ses quatre frères.
Tout jeune, il s'essaie à l'écriture. Il deviendra
par la suite enseignant comme ses parents et
voyagera alors énormément, travaillant en
Arabie saoudite, en Tunisie et en Italie avant
de revenir s'installer en Irlande.
Auteur de plusieurs livres pour enfants, Eoin Colfer
a acquis une réputation internationale avec
le personnage d'Artemis Fowl.
Dans la collection Folio Cadet, il a déjà publié
Panique à la bibliothèque, premier titre de la série
« Will, Marty et compagnie ».

Tony Ross est né à Londres en 1938.
Après des études de dessin, il travaille dans
la publicité puis devient professeur à l'école
des beaux-arts de Manchester. En 1973, il publie
ses premiers livres pour enfants. Tony Ross
a depuis réalisé des centaines d'albums,
de couvertures et d'illustrations de romans.
Dans la collection Folio Cadet, Tony Ross a mis
en images les aventures de l'insupportable William,
de Richmal Crompton, de Lili Graffiti,
de Paula Danziger et de Mademoiselle Charlotte,
de Dominique Demers.